Sabor de recuerdos

Grupo Tinta Peninsular

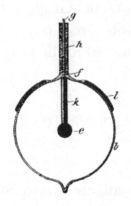

las luces del salón

Copyright, 2025 © *Grupo Tinta Peninsular*

Primera edición, 2025.

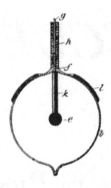

Fotografía del autor © *Chuche*

Todos los derechos reservados a cada autor de la antología conformada por las autoras del Grupo Tinta Peninsular. Queda prohibida la reproducción parcial o total sin autorización de la editorial o miembros de la agrupación.

ISBN: 9798310946231

Publicación independiente / Independently published

ÍNDICE

Lourdes Eugenia Munguía Ricalde

Remembranzas	19
Sabor a familia	23

Maritza "Cuqui" Mendoza Coral

El ingrediente secreto	29
Sabor escondido	36

Gabriela Buendia Xiu

El tren de mis sabores	45
Entre el goce y la gula	50

Flora María de Atocha Esquivel

Habilidades culinarias	57
La tradición del viernes	61

Juana Francisca Uc Estrella

De banquetas a banquetes	69
Conquistando paladares	75

DEDICATORIA

A Fernando Muñoz (Q.E.P.D). Dramaturgo. Con su sensibilidad creativa expresó su confianza en las autoras emergentes de crear este libro donde, las letras autobiográficas danzan como especias en un molcajete literario, sazonando las páginas con el inconfundible sabor de nuestra cultura y la riqueza de nuestras tradiciones culinarias.

A L. M. P. Escritora. Por ser el espejo donde nuestros reflejos rebotan sobre delicadas líneas. Su dedicación y apoyo han sido fundamentales para transformar las ideas en una obra significativa. Con su espíritu disciplinado, y apasionado, nos inspiró a navegar en el emocionante mundo literario donde se conjugan, aprendizaje, amistad y superación.

A Daniel Sibaja. Escritor. Nuestro editor, quien ha sabido amalgamar nuestras diferentes personalidades y estilos para cristalizar el sueño de publicar la presente antología del grupo.

La cocina es un lenguaje mediante el cual se puede expresar armonía, felicidad, belleza, poesía, complejidad, magia, humor, provocación, cultura.

Ferran Adrià

Prólogo

La mesa y los convivios: una mirada circular a la Literatura gastronómica en *Sabor de recuerdos*, del Grupo Tinta Peninsular

Hemos despertado de muchas formas nuestro apetito por las letras, pero escribir un libro en conjunto es siempre una batalla sanguinaria. La primera publicación debería ser luminosa, una hazaña que el destino pone sobre los platos vacíos del almuerzo. En ese río infernal, como dice Dante Alighieri, existe un: «*In tutte tue quietion certo mi piaci (...) / ma 'l bollor dell' acqua rossa / dovea ben solver l'una che tu faci / Letè vedrai, ma fuor di questa fossa*»[1]. No está de más, nunca ha sobrado comentar los relatos de un grupo nuevo atreviéndose a navegar.

El libro que observé sobre la mesa fue «Sabor de recuerdos» (2025), del Grupo Tinta Peninsular, en donde para mi fortuna encontré: el convivio ideal para a comenzar derrumbar cabezas; el campo de

---

[1] «Todo cuanto preguntas, en verdad, me agrada (...) / mas debe la sangre rosa / ser una pregunta contestada / Ahí hallarás de Leteo la corriente». N. de T.: reescribo esta versión traducida del Círculo VII: Ríos infernales, de Infierno, la Divina Comedia, de una edición del 2013 hecha por Ángel Crespo para Seix Barral.

guerra relatada de maneras míticas; y encontrar la «Flor azul» que los franceses acostumbran a llamar cursi y amanerada. Porque escribir una historia jamás es tan gratificante como el bocado de un plato tradicional hecho con las manos tiernas de una madre. Por eso me abrí paso a conocer a cada una de las autoras, y preguntarme: ¿qué es lo que encuentro en las palabras de una voz perdurable y retocada?

La antología de narraciones mixtas abre ese gusto por la comida de la Península; y ese sentimiento se va mezclando en una visión hacia otros horizontes. El primer texto, *Remembranzas*, de Lourdes Eugenia Munguía Ricalde, nos lleva a una comida familiar casi fantasmal, donde servir la comida en una hacienda antigua de Hoctún se convierte en la vista panorámica del mundo arriba de cualquier árbol. En su segunda entrada, el texto de *Sabor a familia* nos lleva a través de la cara de cada uno de los hermanos, la cual pronuncia: la memoria viva de la familia en una ansiosa plática solemne y esotérica.

En el siguiente relato *El ingrediente secreto*, de Maritza "Cuqui" Mendoza Coral, presenta ese misticismo en Mamá Cari por el cual cada integrante de la familia contiene un sabor diferente y el secreto más importante en un gesto de amor.

Con toda la energía, rápidamente volvemos a acercarnos al mar con *Sabor escondido*, donde la personaje de Marina toma el sol en la isla de Holbox, y cierne entre sus manos la pulpa de coco y harinas, para convertir el acto de la mesa en pequeñas esferas y degustar a la hora de la comida.

Más adelante, hay una noción de movimiento, una nostalgia aparece en *El tren de mis sabores*, de Gabriela Buendia Xiu, a través de los vagones de los trenes, aquellos del siglo XX, donde los viajes al interior del Estado reverdecían en un cariño dado por los vendedores y el calor de los alimentos. En otro rincón de las historias, nos hallamos *Entre el goce y la gula*, donde el relato nos transporta a su divertido viaje no-convencional en la Playa, o tal vez, hacia el alboroto de los sabores del mar echados al paladar sin algún tipo de límite, con los platillos de la península que cualquiera desearía recordar.

Por otro lado, el relato *Habilidades culinarias*, de Flora María de Atocha Esquivel, revuelve entre las botanas y los humus alrededor de los almuerzos amigables, en el cual, compartir se vuelve el verbo favorito del menú. Seguimos con su relato *La tradición del viernes*, donde los sabores frescos de la comida yucateca se disuelven entre el trabajo y la cocina, por el cual siempre los ojos miran ya sea un pulmón o hígado, con el plato de carne de res salpimentada.

Cada comida debería ser un festín, o lo supongo así. En el texto *De banquetas a banquetes*, de Juana Francisca Uc Estrella, hay de nuevo una hacienda, esta vez en Sacolá, en donde los familiares franceses toman la delantera por probar cada uno de los platillos de la mesa y los lenguajes se van conociendo en los sabores ancestrales y gourmets. Por último, cerramos con *Conquistando paladares*, alrededor de esta historia nos encontramos en Toulouse, Mercado San Ciprian, ataviado por departamentos estrechos, la familia entera intentará «cocinar Yucatán» ante los ojos de una cultura lejana a la nuestra.

Hablar de comida nunca había sido tan efervescente. El día que las descubrí, tomamos tazas de café cerca de la iglesia de Itzimná. Hablamos de que un libro en conjunto es tan complicado como la vida misma. Que a veces hay sacrificios y adioses, riñas, competencias, sentimientos. La narrativa no se parece en nada a un recetario, pero leer la memoria de la literatura reciente y adulta a través de estas historias es algo tan afrodisíaco como un postre lleno de frutas. Quizá no importe cómo perdamos la cordura, ni a cuántas personas extraviemos en el camino de una primera publicación, lo importante, considero, es que la escritura se convierta en un gran bocado de confianza, sin algún brindis envenenado, o el temblor del ego entre los huesos.

El libro *Sabor de recuerdos* (2025) es un hito de la memoria colectiva, un hilo fino entre las voces que cuentan el secreto de los sabores, de generación en generación.

Por eso, leerlas, corregir y editar, en cada una de las travesías, no nos condena a ningún infierno, sino que nos conduce a una Gran Odisea. Eso puede reflejarse en nuestra lectura y convertirse en aquello que llamamos *vida*.

Confío que los ojos lectores tomarán por tesoro estos escritos y los mantendrán en el recuerdo con el mismo tiempo que se toma una madre en prepararnos el bendito y entrañable platillo, ese que por años jamás se olvida.

Daniel Sibaja, Editor
Mérida, 2025

Lourdes Eugenia Munguía Ricalde

(Hoctún, Yucatán, México, 1958)

Es Profesora en Educación Primaria egresada de la Escuela Normal Rodolfo Menéndez de la Peña. Laboró en distintas escuelas rurales del estado de Quintan Roo y Yucatán. Licenciada en educación media superior en el área de español. Ejerció durante 30 años en la escuela Antonio Betancourt Pérez ubicada en Tahmek Yucatán donde se jubiló en 2018. Ha participado en el taller "Viajando a mi interior" (2023) de la AMAB, en el VI Encuentro de Escritores de Península a Península del 2023. así como en el VII Encuentro de Escritores de Península a Península del 2024. Cursó el Taller de Escritura Creativa (2024) del Salón Satoru con el escritor Daniel Sibaja.

REMEMBRANZAS

> Nunca se van del alma quienes hicieron magia en nuestra vida.
>
> Anónimo

En ese instante un camión cruzó, mis hermanos y yo, nos subimos en su paso por el pueblo de Hoctún. Minutos antes mi madre nos dijo: "vístanse, y vayan a visitar a los abuelos". Ellos vivían en una finca henequenera situada a tres kilómetros de nosotros. La hacienda se llama San José, en honor al santo patrono de ese lugar. Allí se encontraba su hogar. Al descender del transporte tuvimos que caminar un kilómetro ya que el autobús, sólo nos dejaba en el entronque, que nos llevaba por un camino sinuoso de terracería hasta llegar a casa de los abuelos.

En el recorrido hasta la casa principal, había un *sacbé* y flamboyanes que con su colorido naranja adornaban el camino. Se miraban las casas de los peones con sus pozos. En las puertas, niños jugando pesca-pesca sin zapatos; uno que otro caballo comiendo yerba, hasta llegar a la casa del hacendado, ésta era muy amplia y se encontraba en la parte alta de la propiedad. Tenía una pequeña capilla que veneraba al santo patrono. Desde allí podía mirar la desfibradora de henequén, que sin descanso expulsaba el bagazo por un lado, mientras, por el otro, el sosquil de henequén era colocado sobre tendederos para secarse y esperar el proceso de alineado textil.

A un lado de la casa grande, hubo un camino rodeado de árboles de naranja y ciruelas que nos conducía hasta una casita de paja: la de los abuelos. Con bancas rústicas de cemento a los lados de la entrada, donde se sentaban las visitas. Una hermosa y grande mata de Huaya completaba el sendero hacia la puerta.

En una ocasión, la abuela se dio cuenta de nuestra presencia. Mis hermanos y yo, pudimos notar el entusiasmo y los ojos de alegría desbordarse al vernos llegar. Corrió a abrazarnos y darnos la bienvenida.

Vestía de *hipil* bordado, que ella confeccionó, traía el cabello recogido por una peineta y al aligerar el paso dejaba ver sus chanclas desgastadas por el uso.

Nos miró desde su sitio, y de esa forma pudo gritarnos:

—¡Hijos!, ¡qué gusto que estén acá!

Con desesperación nos abrazó y besó, alcanzando ver, sus ojos cafés, húmedos de gusto.

—Oye, ve por una gallina y mátala para que almuercen mis nietos —le dijo, a una de sus ayudantes.

La muchacha apresurada se fue a atraparla ya que la serviría para el almuerzo. Entramos a su casa, el aroma a fresco con notas de herbal que deja el jabón Palmolive, la hacía relucir limpia. Al centro una mesa y tres sillas con un pequeño florero que realzaba su presencia.

Salimos a la parte trasera, donde se veía un espacio en el que la batea hacía su trabajo, por otro lado se encontraba al aire libre un fogón conformado de cuatro piedras, al centro brazas de leña ardiendo, calentando el agua dentro de la gran olla que cocinaría lo dispuesto para ese día de celebración.

La muchacha cumplió su trabajo: matando, desplumando y cortando en piezas pequeñas al ave; luego, limpió y tiró los pedazos en el agua hirviendo para que se cocieran. Seguidamente la ayudante se dirigió a la pequeña huerta que se encontraba cerca, trayendo calabazas, zanahorias, plátano macho, camote, cilantro, repollo, papa, chayote, limas, rábanos, naranja agria; algunas sandías y melones.

Ella se aseguró de limpiar, cortar en trozos las verduras llevándolas hacia la olla en cocimiento, y al rato el olor mostraba que ya estaba por terminarse el ansiado puchero.

A lo lejos se escuchó, la voz de la abuela:

—¡A comeeeer!

El almuerzo estaba servido, en la única mesa con que se contaba. En los platos estaba un rico y sabroso puchero, a un lado su salpicón de rábanos, y lo mejor: tortillas hechas a mano.

La sandía roja y dulce, cortada en rajas como postre. Todos nos acabamos la comida, era un ambiente de algarabía, libertad, felicidad y ese ambiente familiar que el tiempo hizo inolvidable.

Después mis hermanos, jugaron a las canicas y el abuelo se apareció a saludarnos, llegando también a comer, dejando un tiempo libre a sus trabajadores, para que hicieran lo mismo.

Es una de mis comidas preferidas hasta hoy, como memorable es también el amor de la abuela y sus manos que aún recuerdo preparando la comida, logrando el mejor de los platillos para toda la familia.

Al llegar la tarde, mi madre vino a buscarnos y desde luego, también disfrutó de ese rico platillo.

La hacienda, fue el mejor lugar para degustar ese sabroso puchero y además gozar corriendo, jugando y subiéndonos mis hermanos y yo a los árboles, con la mayor libertad.

SABOR A FAMILIA

La cocina es el corazón de la casa.
Anónimo

Durante muchísimos años, hubo ocasiones muy marcadas que me hacen recordar la unión familiar, la cual, en este momento, anda muy deteriorada por la ausencia de mi padre. Tuve una casa en mi infancia, que adentro de ella, el momento más importante fue la comida, por la sazón de mi madre y por el poder de reunir a todos los integrantes de la familia.

Papá deseaba ver a su familia junta, así que decidió comprar un comedor con ocho sillas: él sentado a la cabecera y mi madre por el lado contrario; mis hermanos Francisco, Lizzie, Rubí, Alonso, William y yo, ocupamos los lugares restantes, pues nos quería comiendo siempre juntos. Él siempre decía: "...si a alguien no le gusta lo guisado mi cinturón nos acompaña".

Todos nos acabábamos lo que traía el plato y siempre hubo hasta quien pedía más. Mi madre cuidaba siempre que fuera una comida sana, hecha en casa, rendidora, que incluyera el frijol, por el hierro, los vegetales, el pollo y la carne. A veces acompañado de una rica limonada. Al final un postre de gelatina o queso napolitano.

Mamá amaba la cocina, era su fuerte, disfrutamos su frijol con puerco, potaje, empanizados, entre otros. Mi padre había dado rentada una parte de nuestra casa a una vecina: Doña Juanita, que se atrevió a poner una lonchería para ver cómo le iba y que por cierto le resultó un éxito.

Todos los días, al cocer su pavo, el olor del guiso de Doña Juanita llegaba hasta nosotros, mismo que despertaba el hambre, y al mismo tiempo la tristeza, pues en ese momento era nuestra debilidad, la realidad no era nuestra comida, estaba de más. Juanita, como se llamaba, muchísimas veces nos dio de comer, para no quedarnos con el olor, se asomaba con la carne del pavo deshebrado y una olla de caldo, que era el manjar del momento.

En la época de difuntos los famosos *mucbilpollos* eran elaborados en casa por mi mamá y mi abuela materna, y siempre se escuchaba dirigirse a las mujeres: "Vengan a ver para que aprendan". Ya con los ingredientes en la mesa, hojas de plátano, pollo, masa, tomate, cebolla, manteca, epazote y recado rojo. Miraba cómo moldeaba la masa agregándole todo lo anterior, le ponían la tapa de masa, la cubrían con las hojas de plátano para llevarlas al horno. Total que... nunca aprendí la elaboración.

El famoso *Duch*, muy conocido en el pueblo era el encargado de hornear, poniéndole nombres a las latas para no confundirse. A veces para no repetir nombres les ponía apodos.

Todos esperábamos ansiosos en la sala contando historias, sobre todo la de los abuelos eran interesantes, mientras llegaba el momento de degustar ese rico platillo. El olor del *pib* nos avisaba su llegada que terminaba con esa espera. Ya reunidos rumbo a saborear tan rica comida acompañados de una Coca Cola.

Por un rincón de la casa estaba el altar, donde se encontraban fotografías de los difuntos. A las personas se les invita a convidar la comida que en vida les gustaba.

Esta emotiva convivencia de familia se repetía en Navidad, realizando las novenas al Niño Dios; casi ni rezábamos, pero estábamos listos para gozar del arroz con leche, dulce de papaya, manjar blanco, entre otros. Lo más esperado era la noche del 24 de diciembre, en el que asaban el pavo, acompañado de una ensalada y una sopa de coditos. Las palabras de mi padre daban un toque de solemnidad pues comenzaba, antes de meter las manos, las palabras de agradecimiento a Dios por lo que teníamos.

Estábamos vivos.

Estos momentos formaron parte de nuestras vidas y nos hicieron valorar los alimentos y la importancia de compartirlos, pero sobre todo estar juntos y unidos como familia, tradición que se ha perdido al morir mi padre. El sabor de mi madre inigualable al cocinar, los momentos vividos por hijos, padres y abuelos, fueron gratos recuerdos que perduran hasta el día de hoy.

Maritza "Cuqui" Mendoza Coral

(Isla Holbox, Quintana Roo, México, 1970)

Es Licenciada en Enfermería con Especialización en Enfermería Pediátrica, así como en Administración y Docencia por la UADY. Fue Subjefe de enfermería en el IMSS Yucatán hasta 2019. Ha participado en el taller "Viajando a mi interior" (2022 y 2024) de la AMAB, en el VI Encuentro de Escritores de Península a Península del 2023, así como en el VII Encuentro de Escritores de Península a Península del 2024. Ha publicado en *Feminismo en las letras* (2024) y en la revista de Salón Satoru. Cursó el Taller de Escritura Creativa (2024) del Salón Satoru con el escritor Daniel Sibaja.

EL INGREDIENTE SECRETO

> La vida sería mucho más agradable si uno pudiera llevarse a donde quiera que fuera, los sabores y olores de la casa materna.
>
> Laura Esquivel,
> Como agua para chocolate

Santiguadora de oficio, Mamá Cari siempre irradiaba luz y amor. Siendo una mujer disciplinada, ella cumplió cabalmente las tradiciones heredadas de sus ancestros, tomó las riendas de su vida, sacó adelante a sus hijos, afrontó el abandono del ser amado y nunca bajó la mirada. Con el tacto de sus manos sanaba el mal de ojo, alejaba la energía negativa del mal aire, bendiciendo bajo el auspicio y protección de arcángeles.

Pero su mayor placer, se reflejaba en el arte de cocinar.

El primero de noviembre, con motivo de la llegada de los fieles difuntos, reunía los comestibles básicos para elaborar un exquisito platillo.

Ella indicaba:

—Lleva masa, manteca, sal, epazote, tomate, cebolla, espelón, achiote, pimienta gorda —luego buscaba en el huerto la mirada complacida del abuelo, y coquetamente le sonreía—. Agregamos consomé de pollo, agua y carne de puerco —sonreía pícaramente, y continuaba—, hoja de *Chit*, chiles dulces, *xkatik*, habaneros, muchos huevos y el ingrediente secreto.

Era todo un ritual. Desde las cuatro de la mañana se levantaba, aseaba y colocaba su hermoso mandil azul de mezclilla, dirigiéndose hacia el comal, tomaba una olla grande, la llenaba con agua para hervir y lo dejaba reposar sobre la candela.

Atizaba la leña del fogón que permanecía encendido, diariamente avivando así el fuego.

Mostrando su andar caminó con gracia y soltura al gallinero, era imposible ignorar su cadencia. Sacó una gallina de las más gordas y la benefició. Inmediatamente la remojó dentro de agua caliente, sacándole y dejándole reposar sobre la mesa, hecha de troncos de mangle rojo y zapote.

Se dirigió a despertarme con voz cariñosa:

—Cuqui, ven a pelar las gallinas.

Ella abrió los ojos rápidamente quitándose los *ch'eemes* (lagañas), coleta al vuelo y descalza, iba visiblemente emocionada hacia donde éstas se encontraban. Iniciaba el proceso jalando con fuerza cada una de las plumas hasta dejarlas bien pelonas.

A lo lejos me observó la abuela, mientras tomaba un descanso sobre la silla mecedora de cuero de venado. Cuando se percató del fin de la encomienda, vino hacia mí, susurrándome al oído:

—Cuqui, este paso no debes omitir.

Empuñó con fuerza y mano firme el cuchillo grande, afilado, procedió a extraer las vísceras, y dijo:

—Mirarás el maíz, la verdolaga y las flores amarillas de *Topashis* que se encuentran en su interior sin digerir.

Fue un escenario increíble que me dejó sin aliento. Observé cómo la abuela destazaba las piezas de las gallinas siguiendo la curvatura de las articulaciones, las lavaba y las colocaba en la olla, aguardando el momento de ser cocinadas.

—Pobrecitas —dijo la abuela—, si tan sólo ayer por la mañana andaban de un lado a otro y ahora están aquí quietecitas, inmóviles, sin vida.

Ante estos comentarios, Cuqui sólo sonrió mientras que su abuela se secaba las lágrimas. El amor que había sentido por sus animales después de tanto tiempo cuidándolos representó la extensión del hogar. Quizás, quizás, quizás...

Por otro lado el abuelo Max, hombre de campo madrugador como el sol, trajo a sus espaldas cáscaras de coco y troncos viejos como leña para el segundo proceso de preparación. Él acudió primero al cocal a cortar hojas de *Chit* verdes, alargadas, semejantes abanicos, luego se dirigió al huerto adjunto a la casa grande, donde las hojas de plátano aguardaron ser cosechadas y ablandadas bajo fuego. Sus manos grandes, ásperas por el rudo trabajo de ser chiclero, hábilmente colocó la izquierda en el tronco de la hoja de plátano para sujetarla con fuerza; la mano derecha la deslizó hasta el ápice, dejando escuchar el zumbido de esta acción. Él las depositó en su totalidad en una caja de madera que descansaba sobre la mesa. Reunidas ambas hojas, procedió primero a limpiarlas hasta abrillantarlas y dejarlas listas para envolver el platillo.

Enseguida, la abuela remojó durante treinta minutos la carne de puerco salada, la lavó hasta dejarla en el punto exacto de sabor y la reunió con los trozos destazados de la gallina.

Estaba tan concentrada en cocinar que no se percató de la presencia de Misho, quien, con paso lento, se acercaba al perol.

Apenas el gato estiró una pata hacia la carne, un grito retumbó en la cocina.

—¡Oye, gato!, ¿cómo te atreves? ¡Fuera de aquí!

El grito de la abuela hizo que este saliera despavorido, huyendo por la puerta del patio. La abuela chasqueó la lengua, y aún refunfuñando, depositó ambas carnes en un perol con agua suficiente. Las cocinó con especias: pimienta gorda, epazote y otros condimentos. Agregó sal, cebolla, pizcas de achiote, chile dulce tamulado y consomé de pollo. ¡Qué aroma más agradable emergió de la olla!, impregnando todo el ambiente y dejando escuchar entre los presentes un suspiro de profundo placer.

A mis siete años, me acercaba a la mesa de preparación para observar a mi madre y tía, quienes siempre dispuestas aguardaban para acompañar a Cari en la elaboración del platillo. Mi madre, mujer de brazos fuertes, era la responsable de mezclar la masa, el espelón, la sal y la manteca, mientras mi tía probaba porciones pequeñas de masa para ajustar ingredientes.

Enseguida Cari le agregó un puño de masa al caldo de la carne, diluyéndolo hasta dejarlo ligeramente espeso junto con el consomé, sal y achiote rojo (colorante natural que dejó el color naranja característico del *Kol*).

Juntas formaron el mejor equipo de trabajo familiar que jamás haya visto.

Mi madre esperó que se enfríe para servirlo en una jícara y colocarlo de ofrenda inicial en la mesa del santo, junto con tostadas, un vaso de agua de coco, para recordar y recibir a nuestros ancestros del más allá.

Por último, reunidas tanto las hojas como el guiso, la abuela procedió a integrarlos; primero colocó una hoja de *Chit*, sobre esta, una de plátano, al centro una bola de masa, extendiéndola circularmente, formando una figura semejante a un pozo de cincuenta centímetros de largo, dejó caer al centro el *Kol*, los trozos de carne cocidos, el tomate, el chile y los huevos. Mi trabajo consistió en hacer las tapas de masa y colocarlas sobre el *Pib*, alineando sus bordes, luego atarlo con hojas de plátano y *Chit*, dejándolo listo para cocerse.

Mi padre y tíos, hombres de familia, siguiendo la tradición, antes de la llegada del sol, elaboraron un horno rústico dentro de la tierra; cavaron una poceta, colocaron piedras, maderas, hicieron fuego y obtuvieron brazas ardientes. Con sumo cuidado mi padre depositó y cubrió uno a uno los pibes para no contaminarlos.

Dejándolos cocer cerca de dos horas.

El momento llegó cuando se extrajo de la tierra aquel delicioso manjar, cálido como las brasas que lo envolvieron. Mi padre tuvo cuidado en no quemarse, pues el fuego aún resistía a ser extinguido y parecía aferrarse a la comida. El vapor que emanaba y el siseo de la manteca hacían que el Pib recién horneado se viera más apetitoso.

Con esmero colocó sobre la mesa dos pibes para que la familia degustara. Todos presurosos nos reunimos en torno a la mesa, dábamos gracias por los alimentos, mientras mi padre expresaba.

—A darle…

Indicando así que todos podían comer.

Al terminar, quedamos extasiados por la calidez de la masa, la suavidad del espelón y el punto exacto de los ingredientes deslizados por la boca. La sonrisa en los rostros de los comensales era evidente, completamente satisfechos con el sabor. Así fue durante muchos años, antes de que mamá Cari partiera a la eternidad.

¿Te digo un secreto? Cuando colocaba la ofrenda me escabullía, mientras los adultos se encontraban ocupados, les pedía a los ancestros me dieran un poquito.

Así empezaba a disfrutar de la comida. La abuela se complacía ante mis travesuras.

Qué algarabía siento cuando la evoco, con ese mandil azul de mezclilla, dos vueltas y un lazo a la cintura; en esa prenda secaba sus manos después de cada mezcla preparada. Ese mandil lo atesoro dentro de mis bienes más preciados y lo utilizo como ella, para preparar la ofrenda en el día de los fieles difuntos.

¡Mami Cari, cómo te extraño!

Hoy, ante tan suculento *Pib*, revivo gratos recuerdos de las comidas en familia. Momentos de sonrisas que me transportan al pasado.

El día primero de noviembre, vuelve a mi memoria la fragancia, el sabor exquisito de la masa y sus ingredientes, puedo percibir el aroma que despiden las hojas de *Chit* y plátano al cocerse sobre las brasas, invitándome a comer, mientras Cari al oído susurra:

—Cuqui, la verdad que jamás olvidarás, el ingrediente secreto es el amor que les tengo, un día no muy lejano cuando ya no esté, elaborarás y prepararás esta suculenta comida. Un día serás recordada, como hoy tú ahora me recuerdas.

Y desde entonces, como ella lo decretó: así ha sido.

SABOR ESCONDIDO

> Los recuerdos más cariñosos se crean cuando estamos juntos alrededor de la mesa.
>
> Anónimo

Marina se desliza con cadencia sobre la gris arena del cocal y dibuja su figura espigada. Sus cabellos vuelan grácilmente con la brisa y celosamente son detenidos por la balerina en la cabeza. De ojos marrones que irradian bondad absoluta, su vestido en movimiento debajo de las rodillas revelan un bordado de caracolas que atraen de forma irresistible la mirada.

Mujer bañada de sol, con toque de valentía, quien resuelve las situaciones de la cotidianeidad del hogar. En el quehacer diario, igual se le encuentra arreglando el pescado o desollando una gallina casera. En temporadas de caza (carabina al hombro) se adentra a la selva junto a José, su fiel esposo en busca de venados o jabalíes. Sus noches de mar bajo la luna llena, son sus favoritas. Dejando descansar las redes a la deriva para atrapar peces y fortalecer su economía familiar.

Su fe católica en María de Guadalupe, haría dar hasta su alma para defender a sus hijos.

Extraordinaria por desarrollar un aprendizaje empírico, posee una memoria envidiable, usada para guardar celosamente: cada uno de los ingredientes y procedimientos utilizados en sus deliciosas recetas de cocina. Cuando se le pregunta la manera de guisar alguna comida, con recelo evade compartirlas.

¡Son perfectas!, ¡de buena sazón!

Su secreto culinario fue aprendido de los pobladores más antiguos de la Isla de Holbox, cuyo conocimiento transmitido de forma oral quedó en la retentiva popular, la experiencia ancestral son la biblioteca perfecta de exquisitos platillos.

Marina, con horqueta en mano se dirige al cocal. Con fiereza baja los cocos maduros, depositándolos sobre un tronco resistente de zapote. Empuña el hacha con fuerza al partirlos, del interior surge la pulpa blanca endurecida con aroma exótico y fresco.

Inmediatamente, traslada cada una de las mitades hacia el rallador metálico, extrae su fino contenido sobre un recipiente cristalino, repite esta acción varias veces.

Va a la cocina y deja reposar la ralladura treinta minutos. Mientras tanto aprovecha para extraer de la tinaja agua fresca de lluvia, saciar su sed y tomar un breve descanso en su hamaca que la espera dispuesta en el corredor de láminas de cartón.

Llena de energía, Marina camina hacia la mesa donde la ralladura aguarda.

Con ambas manos embiste y exprime las ralladuras de coco con firmeza, extrayendo su líquido blanco y aromático, ingrediente principal del *Yaniqueque*, palabra derivada del inglés *Johnny cake's*, en República

Dominicana (torta de sémola de trigo referida al *queque* plano horneado a la plancha).

Toma un kilogramo de la suave harina blanca, aceite de manteca de cerdo, mantequilla azul holandesa, diez huevos, agua tibia, azúcar, sal, levadura y la leche de coco recién exprimida.

Marina se inclina sobre la mesa, sus pechos erguidos y galopantes dominan el momento. Sus manos, delicadas pero firmes, ciernen la fécula, acariciándola con la devoción de quien explora la piel de un amante. Vierte la leche de coco, dejando que la tibieza del líquido funda con sutileza el polvo blanco de trigo. Sus dedos se deslizan, se hunden y emergen empapados de blancura, únicamente los retira para agregarle manteca y darle mayor elasticidad.

Continúa amasando, sus brazos se arquean, sus hombros se tensan y relajan. La masa responde, cede sumisa bajo la presión de sus manos, moldeándose con la tibierza de su tacto. La estira, la pliega, la domina una y otra vez, hasta alcanzar un ligero tono marrón. Convencida de haber logrado su cometido, la deja reposar por quince minutos.

Se toma un descanso expiatorio, dejando que su cuerpo recupere el aliento.

En un segundo suspiro deja caer doscientos gramos de mantequilla azul holandesa. Sonríe ante el sonido quebradizo de los huevos cayendo uno a uno, una pizca de sal, dos cucharadas de dulces cristales y la levadura armonizando esta fusión deliciosa. Ella lo prueba una y ota vez, hasta quedar satisfecha como un susurro de ternura, o de pasión, algo profundo que la guía al punto exacto del sabor.

Observando el entorno, distingo un fogón hecho de fierros gruesos. Marina coloca leños gruesos, toma un recipiente con gasolina, los rocía y prende fuego. Un rugido sordo y amenazante se desprende de la madera, mientras la llamarada emerge poderosa e intensa.

Cuando las brasas se encuentran ardientes, coloca el comal de hierro que al contacto con el calor queda candente, atiza el fuego agregando palos y cáscaras de coco. La fragancia inigualable de coco seco y tostado se esparce por toda la casa, atrayendo a toda la gente de la familia, quienes saben que mamá preparará un pan delicioso.

Con un paño húmedo cala el comal un par de veces hasta sentirse satisfecha de que tiene la temperatura ideal, aguardando cual novio ansioso la dulce espera a la bella prometida quien depositará los ricos besos de *Yaniqueques*.

Marina cierne un poco de harina sobre la mesa. Las palmas de sus manos danzan en el aire, dibujando patrones invisibles mientras sus dedos se juntan y separan hasta que la harina cae en un suave desborde. Nuevamente, toma con delicadeza los fragmentos de la masa reposada, transformándola en pequeñas esferas; las aplana, acomodándolas como cuentas alineadas.

Seguidamente, lleva las piezas hacia el fogón y las deposita con gentileza sobre el comal, donde comienzan a cocerse lentamente. Ella utiliza la técnica balanceada de fuerza y flexibilidad sobre la torta, generando una figura semejante al Yin y Yang.

Su mágica espátula le da vueltas constantemente hasta adquirir el color beige, dejando inundado el ambiente de un aroma a coco embriagando los sentidos de cualquiera. Exquisitez la mía que a la distancia espero con ansias degustar tan singular bocado.

Una vez finalizado el proceso de cocimiento, los panes son depositados en una cesta de palma de coco, envueltos en un paño de suave algodón, conservando la temperatura cálida, como recién salidos del comal.

La hora ha llegado, y Marina lo sabe. El sonido de pequeños pies acercándose y el bullicio de los niños irrumpe la magistral interpretación de aromas, llenando el aire de impaciencia y deseo por probar tan suculento bocado.

Las manos inquietas, traviesas de un infante, son detenidas ante la expresión de asombro e incredulidad. Intercambian miradas de solo un segundo para saber lo que se debe hacer. Marina exclama:

—Nadie de ustedes comerá hasta lavarse las manos con agua y jabón.

Inmediatamente todos los chiquillos, corren a cumplir la misión para obtener la recompensa de un magnífico y delicioso *Yaniqueque*.

La algarabía se vuelve ensordecedora. Los hurras y tarareos infantiles inundan el amplio corredor trasero de láminas acartonadas. Maravillosas expresiones de los infantes, quienes ríen, comen, agradecen haber obtenido su premio.

A lo lejos distingo una mano amiga insistente en señas para acudir, sacándome de concentración e invitándome a degustar en familia tan delicioso manjar, que guarda y aguarda por un sabor escondido e inigualable de Mamá.

Gabriela Buendia Xiu

(Mérida, Yucatán, México, 1969)

Es Licenciada en Administración de Empresas egresada del Instituto Tecnológico de Mérida. Jubilada del IMSS. *El color de mi piel* es su primer texto publicado en la antología "Ecos de la Infancia", de la Editorial Mini Libros de Sonora 2022. Participante del Taller de Autobiografía (2022) en el 18° Festival de la Palabra (ESAC, 2022) y del VI Encuentro de Escritores de Península a Península (2023). Ha publicado en *Feminismo en las letras* (2024). Cursó el Taller de Escritura Creativa (2024) del Salón Satoru con el escritor Daniel Sibaja. Ella ve los sueños como realidades donde somos capaces de crear historias.

EL TREN DE MIS SABORES

> Más vale ración de verduras con el amor, que carne de vaca con rencor.
>
> Proverbios 15, 17

El viento me obliga a entrecerrar los ojos, viajo con medio cuerpo fuera de la ventanilla del tren. "¡Te vas a quedar sin cabeza!", escucho la voz firme de mamá, desde dentro del vagón. Con el cabello todo alborotado y guardando el equilibrio por el vaivén, al fin logro sentarme. Tengo nueve años, nos dirigimos al pueblo donde ella nació, en el sur del Estado de Yucatán, Oxkutzcab. Todo un trabalenguas para propios y extraños. En lengua maya significa lugar del ramón (*oox*), tabaco (*k'uuts*) y miel (*kaab*), sitio donde mi paladar y estómago se sacian de los mejores cítricos, dulces, comidas acompañadas del cariño de tíos, primos y amistades.

El olor a diésel que desprende la máquina se mezcla entre los furgones, con los aromas corporales de los pasajeros y sus cargamentos. Los que tenemos suerte o llegamos temprano viajamos sentados en las bancas de madera; los demás se arrinconan en las esquinas o detrás de los asientos, de pie, para no caer por el movimiento de traslado y las paradas del ferrocarril. Las bancas vacías que se desocupan en cada poblado son rápidamente tomadas por otros viajeros.

En nuestro recorrido de dos horas este singular transporte, semejante a un ciempiés, se desliza sobre los rieles de acero a un ritmo cadencioso. En las curvas un cosquilleo en el estómago me causa emoción y sonrisa nerviosa. Mi cara refleja un repentino temor: ¡que se salgan las llantas y suframos un descarrilamiento!

Por fortuna no tenemos ningún accidente. La primera parada la realiza en el poblado de Acanceh (quejido de venado, de *áakam*: quejido y *kéej*: venado). Aún el tren en movimiento, vuelvo asomar la cabeza fuera de la ventanilla, veo acercarse a los vendedores, en su mayoría mujeres y niños.

Ofrecen una variedad sinigual de viandas preparadas por manos campesinas con productos frescos, cosechados en sus milpas y de animalitos criados por ellos mismos. En contenedores de plástico o de aluminio hay elotes sancochados (al vapor), tamales, panuchos, salbutes, polcanes rellenos de ibes (frijol blanco); dulce de calabaza, merengues, *is waaj* (tortillas de harina de maíz saladas); y mis favoritas: las arepas (similar a una galleta delgada también de harina de maíz mezclada con anís molido, manteca y azúcar). También venden frutas variadas: guayabas, huayas, sandías y plátanos.

Mamá compra lo que comemos, como nuestro primer alimento de la tarde. El sueño me vence y despierto hasta llegar a Yotholin (lugar sobre el asentamiento junto a la serranía, de *yoth*: encima, *thol*: caballón, *in*: sufijo de ciertos adjetivos).

Todo Yucatán es planicie. Sólo esta región del sur tiene pequeños cerros, y el clima es propicio para el cultivo de hortalizas y cítricos.

En este lugar, a cinco kilómetros de nuestro principal destino, visitamos a tía Aída, prima de mamá. Aída es unos años mayor que ella. Mi abuelita materna Carmita, en su lecho de muerte, le pidió que cuidara de su pequeña de apenas tres años. Este hecho significó para ambas un lazo de especial cariño.

Desciendo por las escalerillas con torpeza, me pesan las piernas por el tiempo que permanecí sentada y el *chucu-chucu* de este vehículo que se desliza en dos vías paralelas. El sonido de la locomotora se pierde mientras caminamos el sendero que nos aleja de la estación del pueblo. Miro arriba y alcanzo a observar a mis primos que bajan a toda prisa y con una agilidad sorprendente de los árboles de su casa, mientras mi estómago vuelve a despertar por el rico aroma de los huevos revueltos, el frijol a la leña, las tortillas de maíz a mano, la salsa de chile habanero, aguacate, y el chocolate recién batido; esta es nuestra verdadera comida del día. Nos sentamos en la pequeña mesa de madera de la cocina a degustar los manjares recién preparados.

Después de la suculenta cena los menores ayudamos a lavar y limpiar la cocina, mientras tía Aída y mamá eligen una gallina del corral que se convertirá en nuestro caldo para el almuerzo de mañana.

Muy temprano, tía Aída y mamá, con rápida maniobra le tuercen el pescuezo y la sujetan en un tronco superior de la cocina, la sumergen en agua caliente para luego desplumarla.

Más tarde, al momento de sentarme a comer hago un esfuerzo tremendo para olvidar la escena del sacrificio, ahora convertido en un guiso, la gallina despide un aroma delicioso. Insisten en convencerme, de que no sufrió, no estoy convencida de ello… Apenas pruebo la carne, pero me devoro las tortillas de maíz calientitas recién hechas al comal.

Antes de que el sol alcance su punto más alto, la familia nos lleva a una de sus parcelas, pequeñas extensiones de tierra para cultivo de árboles frutales. Me llama la atención que las divisiones de los terrenos no son claramente visibles, me explican que las matas y las piedras sirven para saber dónde se delimitan; los ejidatarios respetan la propiedad ajena y la comunidad es pequeña.

Niños y adultos cosechamos y degustamos naranjas, mandarinas, limón agrio, limón dulce, tamarindo, ciruelas, aguacates…

Ricos regalos de la naturaleza, procurados por el arduo trabajo de mi tío Luis, esposo de Aída, sus hijos y nietos.

La producción es para su propio consumo y para vender en el mercado del pueblo y en otras comunidades cercanas, como Mérida o Campeche.

Por la tarde, los adultos platican y preparan la cena, los niños desgranamos las mazorcas de maíz, y retiramos las vainas del espelón (frijol tierno), antes de ir a jugar al Parque Principal.

Al día siguiente mamá y yo viajamos a Oxkutzcab, donde nos espera una de sus amigas más entrañables, Eloína. También otros tíos y primos. Quienes nos reciben con cochinita pibil, relleno negro, dos platillos típicos de la entidad, el primero con carne de cerdo y recado rojo (achiote); el segundo de pavo y res con recado elaborado con varios chiles picantes que le da el color oscuro. Estas delicias las disfruto sin preocupaciones o culpas... No soy testigo del sufrimiento de los animalitos.

Nuestro regreso, el domingo, está marcado por nostalgia y gratitud. Pasarán meses para volver. Visitamos el pueblo de mamá en época de vacaciones. Ella eligió vivir en el pueblo de papá al casarse y años después residir en Mérida por razones de trabajo.

El cariño de la familia y amistades los traemos de regreso en el corazón y en las bolsas de mandado que cargan al máximo comida, frutas, dulces... Con la consigna de compartirlos con mis hermanos... Bueno, las arepas solamente son mías.

ENTRE EL GOCE Y LA GULA

Comen más los ojos que la boca.
Refrán popular

Con el vaivén de las olas, la costa de Playa del Carmen iba quedando atrás rumbo a la Isla de Cozumel. Respirar el aroma salado del mar caribe nos permitía olvidar el cansado trayecto nocturno en autobús desde Mérida. Emocionadas, subíamos a la cubierta del pequeño ferri para sentir la húmeda brisa y los primeros rayos del amanecer en nuestros rostros.

¡Iniciaban las vacaciones más memorables de mis años de adolescente!

Viajábamos con Rosa, mi abuelita paterna, sus nietas Carmen, Andrea y yo, para visitar al tío Chato, hermano mayor de ella, quien trabajaba de albañil en la construcción de los primeros hoteles en ese rincón del Caribe. Ahí el tío Chato se había establecido a principios de los setenta, vislumbrando un futuro mejor para su esposa e hijos.

En el traslado el sol comenzaba a despertar, y nosotras jugábamos a vislumbrar la silueta de la isla de Cuba, reto impuesto por mi hermana mayor Carmen, a quien le encantaba la clase de geografía. Ella insistía en señalarnos la ubicación, y yo por más que abría al máximo los ojos, jamás logré avistarla.

El tío Chato y el primo Pastor nos daban la bienvenida en el malecón de Cozumel. Antes de ir a la casa, cruzábamos al restaurante Las Palmas para saludar a otro de sus hijos, el primo Jorge, quien trabajaba como cocinero. Nuestras barrigas crujían al llegarles el olor del café, frijolitos y huevos recién hechos para el desayuno.

En la mesa frente al mar, devorábamos el desayuno delicioso, cobijadas por las columnas y paredes de madera del lugar.

Durante el mes de nuestra estancia ganábamos peso, gracias a los guisos del primo Jorge; todos los días preparaba, en la casa, el desayuno y el almuerzo. Nuestros desayunos eran huevos en varias combinaciones, con tomate, cebollas, o revueltos con hojas de chaya, siempre acompañados por frijol negro refrito, jugo de naranja dulce, frutas, tortillas, pan dulce y leche.

—¡Te vas a quedar lechona!, ¡ya deja de tomar tanta leche! —dijo en una ocasión, mi primo Luis. De inmediato escupí el líquido blanco por la risa que me provocaron sus palabras, ¿podría yo engordar con la leche y lucir como el cerdito pequeño llamado lechón?

En los almuerzos cocinaba dentro de ollas enormes: frijol con puerco, arroz blanco, mole o puchero de tres carnes; este guiso era un caldo con carne de pollo, res y puerco al que le agregan verduras como papas, zanahorias, calabazas, nabos, col, elotes, plátano macho.

Nos sentábamos a la mesa a saborear la sazón de los alimentos preparados por el primo, entre anécdotas familiares y la bulla de todos, las carcajadas sonoras del tío Chato contagiaban alegría y gozo por la vida... ¡aaah! la convivencia... y la comida...

Sin perder el ritmo tragábamos ración tras ración hasta vaciar las ollas.

Los tíos nos daban hospedaje, comida y recorrido a ruinas y playas de la isla. Éramos tres adolescentes que insistíamos en acompañar a la abuela, y las cuatro nos sumábamos a los siete integrantes de la familia. Al compartir sus bienes ocurría todos los días el milagro de la multiplicación de los panes.

Es la única forma que puedo explicar nuestra estancia de todo un mes y los pocos recursos económicos que aportábamos, ahora lo reflexiono, eran insuficientes, sin embargo, en ese momento no dimensionábamos tales circunstancias.

Todos se esmeraban en hacernos disfrutar el verano, diariamente después del desayuno, nos llevaban en motocicleta a diferentes playas de la isla, donde permanecíamos la mañana y la tarde disfrutando el mar, tomando el sol y consumiendo galletas, frutas, bebidas gaseosas y agua para esperar el almuerzo.

Una de nuestras playas favoritas era Chankanaab, popular entre los habitantes de la isla y los turistas por sus arrecifes y peces de colores. Desprovistos de chaleco salvavidas, patas de rana o algún otro artefacto que nos mantuviera a flote, sólo con nuestro cuerpo, competíamos para llegar a la plataforma encallada a trescientos metros en mar abierto. Mis primos llegaban en los primeros lugares, mis hermanas en segundo y yo en último sitio. Jadeando, con el corazón desbocado y las piernas a punto de acalambrarme. Trataba de grabar en mi mente el imponente paisaje. Después de un breve descanso, disfrutaba el masaje del oleaje, que me daban aliento y fuerza para regresar a la orilla, a la arena firme…

Otro lugar de nuestro agrado era Agua Azul, ubicado al pie de un pequeño hotel y cabañas, con libre acceso y sin restricciones. Donde aprendimos a lanzarnos de clavado, parados en los hombros de Pastor, el primo mayor, o de Nancy, la más fuerte. Lo primero era mantener el equilibrio arriba e impulsar el cuerpo hacia el agua, allí quedó en nuestra mente grabada otra frase del primo menor, quien gritó:

—¡Queeé feeooo!

Mientras emergía del agua, después de ejecutar uno sus lanzamientos de aspirante a atleta que él mismo calificó de horrible, acompañadas de nuestras risas y burlas al recordar que también habíamos sufrido golpes en la barriga y dolor de espalda.

A mi abuelita, le fascinaba el mar, en plena playa se despojaba de su *hipil* y ceñía su *hustán* (prenda blanca de algodón que se utiliza debajo del *hipil*) a la altura del pecho, cubriendo los *chuchús* (senos), ella sin recato con esta única vestimenta se metía al agua seguida de sus nietas y sobrinos apenados por tal muestra de desinhibición.

El ardor en nuestras mejillas, por el sol y más por la vergüenza, se esfumaba al ver su larga cabellera ceniza y su ropa flotar al ritmo de las olas.

Todos nos tomábamos de la mano alrededor de ella para disfrutar del cristalino Caribe.

En las noches, después de nuestras andanzas, íbamos al parque principal y al malecón, donde cenábamos hamburguesas de carne de res y cebollas al carbón o *hot dogs* con salchichas de cerdo y tocino, papas fritas; comida gringa que deleitaba nuestros paladares y ganaban terreno frente a nuestros panuchos y salbutes de pavo, polcanes o *kodzitos*; antojitos regionales elaborados con masa de maíz, y devorábamos con tomate, cebolla morada y aguacate.

En ocasiones especiales Pastor nos llevaba a comer mariscos o cenar alguna pasta italiana o pizza. Sin importar el día y la hora mi apetito era insaciable. No importaba las calorías y las porciones de azúcar y exceso de carbohidratos. Me detenía hasta sentir la comida al borde de la garganta. ¡Qué bien sentía caminar las ocho esquinas del malecón! La digestión se aceleraba. Sin la pesadez del estómago podía disfrutar la magia de la luna y el arrullo de las olas de mi isla favorita.

Al regresar a Mérida, mamá apenas nos reconocía:

—¡Se fueron de vacaciones flacuchas y pálidas y después de varias semanas regresan gorditas y morenas por el sol!

Mientras lo decía nos daba, a cada una, un lindo abrazo de bienvenida.

Flora María de Atocha Esquivel

(Mérida, Yucatán, México, 1965)

Es Licenciada en psicología con maestría en Sexología Clínica y certificación en Coaching. Laboró como docente más de 20 años a nivel de Licenciatura y maestría en su ciudad natal. Ha participado en el taller "Viajando a mi interior" (2023) de la AMAB, en el VI y VII Encuentro de escritores de Península a Península (2023 y 2024). Para ella escribir es ser el aprendiz de la vida, amante de la naturaleza y adicta al café. Ha publicado en *Feminismo en las letras* (2024). Cursó el Taller de Escritura Creativa (2024) del Salón Satoru con el escritor Daniel Sibaja.

HABILIDADES CULINARIAS

> El placer de los banquetes debe medirse no por la abundancia de los manjares, sino por la reunión de los amigos y su conversación.
>
> Cicerón

Cada mes nos reunimos un grupo de colegas.

Es una ocasión para mí esperada con alegría y entusiasmo. Es el momento para ponernos al día en las novedades de cada quien. Este grupo lo integramos nueve amigas y un amigo, aunque no siempre llegamos los diez, por norma decidimos que con los que asistan se lleva a cabo la reunión; quienes lleguemos sabemos que serán unas horas de tertulia amena y enriquecedora.

Desde hace más de quince años, tomamos la decisión de encontrarnos, una vez al mes en casa de alguna de nosotras, por lo que un diciembre hicimos el calendario para el año siguiente. Se decidió la fecha, la anfitriona, y por supuesto la casa, aunque algunas veces hemos acudido a un restaurante.

Esta convivencia mensual es sorprendente. Hablando de la parte gastronómica, por lo general hay un menú elaborado por la anfitriona en turno, único y con alguna receta, ya sea aprendida de la abuela, de la mamá, de alguna tía; inventada por la creatividad de alguna de ellas, o tal vez vista en *Youtube*.

Durante la pandemia, esto se volvió virtual, pero desde que se levantaron las restricciones, regresamos a lo presencial. Como en todo grupo, no todas cocinamos, me incluyo, claro que las que sí cocinan, nos comparten sus saberes y habilidades culinarias. Cuando le toca a alguna ellas: ¡Dios bendito! Es toda una muestra gastronómica. Degustamos platos tan diversos que mi paladar se los agradece.

Debo reconocer que los diversos platillos preparados por mis amigas son deliciosos, no cabe duda de que cuando se tiene un don y se pone en práctica, el resultado es maravilloso. Los sabores que han disfrutado mis papilas gustativas con cada guiso son tan variados, van de lo salado, dulce, amargo, picante, ácido.

Empecemos por la botana…

Humus de garbanzo, preparado con aceite de oliva, ajo y sal, ingredientes sencillos, pero con ellos se obtiene una rica crema nutritiva con alto contenido de proteína, acompañado de pan de pita.

La botana que no puede faltar, el frijol colado, puede ser negro, pinto o bayo, con sus respectivas crujientes tostadas.

El *sikil pak* tradicional yucateco, hecho de pepita de calabaza, ajo, cebolla, cilantro y tomate.

El guacamole, una mezcla de aguacate, tomate, cebolla y un chorrito de aceite de oliva.

Tiras de zanahoria, pepino, chayote, que puedes untar en el guacamole o el humus.

Hablemos de las bebidas...

Hay desde la tradicional bebida espumosa espirituosa, la cerveza; el vino (por lo general es tinto), los refrescos naturales como el pepino con limón (uno de mis favoritos), la Jamaica con ese bello color, bien helada es una delicia, la tradicional Coca cola y el aromático café para el desempance.

Con respecto al plato principal hay una gran variedad...

Carne asada con su cebollita blanca, el tomate aplastado en su molcajete, las tortillas hechas a mano, listas para hacer unos deliciosos tacos. Algunas de ellas son bravas, ya que lo acompañan con su chile habanero. Pollo a la brasileña, que es un misterio su preparación, pero sabe riquísimo. Kibis árabes rellenos de carne. Sopes, huaraches, pambazos, panuchos y salbutes.

Por último, no puede faltar el postre...

Aquí se luce la amiga repostera del grupo, que nos ha elaborado: pastel de zanahoria, pastel de tres leches, coco, chocolate; gelatina de fresa, durazno, mamey; queso napolitano y otros postres más.

Compartir este menú tan variado y sabroso hace que estas reuniones sean placenteras. Cada olor y sabor son gozados al máximo, pero sin duda, para mí, más allá de degustar cada platillo, lo que realmente regocija mi alma y mi ser, son esos momentos en los que compartimos las experiencias y vivencias de esos días. Con alegrías, triztezas, enojos y satisfacciones.

Un grupo de buenos seres humanos, en el que podemos ser y estar de manera honesta y libre. Gracias por alimentar mi cuerpo, mente y espíritu.

LA TRADICIÓN DEL VIERNES

> Que tu medicina sea tu alimento y el alimento tu medicina.
>
> Hipócrates

El último jueves de octubre de 1982 el aire caliente de 40 grados era sofocante en la Ciudad de Mérida, lo que hacía fatigar mi paso diario camino hacia la escuela preparatoria No. 1 de la Universidad Autónoma de Yucatán.

Finalizaba el quinto semestre con apenas diecisiete años. Miraba al cielo una y otra vez, podía observar cómo las nubes grisáceas adornaban el cielo con la intención de descargar el agua de *Chaac*.

El temor de mojarme y pescar una pulmonía rondaba sobre mi cabeza, pues el tratamiento médico costaba mucho, y no tenía los medios económicos, lo que me ponía en sobresalto.

Vivía con mi hermano, mi cuñada y mis sobrinos, porque mamá murió años atrás de neumonía. En fin, la lluvia se convirtió en un fuerte torrencial, cuando logré llegar a la escuela la electricidad suspendió sus servicios y con ello las clases por ese día.

El viernes correspondiente debía cumplir con la clase de laboratorio de Anatomía y Fisiología, por lo que me traslade hacia la facultad de Medicina.

A pesar de la distancia entre mi casa y la facultad, disfrutaba mucho los sesenta minutos en el aula, albergaba la esperanza de estudiar medicina o alguna otra carrera relacionada con la especialidad de biología; siendo muy probablemente lo que me encauzó a definir y decidir lo que estudiaría en el futuro cercano.

El laboratorio me dio la oportunidad de presenciar diferentes tipos de cirugías efectuadas en el hospital Dr. Agustín O 'Horan, por el convenio que se tenía con la facultad de Medicina. Como estudiante podíamos observar las operaciones a través de la cúpula especial ubicada en la parte superior de la sala quirúrgica.

Durante una intervención de cesárea, los cortes se efectuaron mediante incisión quirúrgica hasta llegar al útero de donde fue extraído el producto neonatal, se podía distinguir abundante tejido adiposo que jamás imaginé ver, y los músculos abdominales bien definidos en el interior de la mujer.

El encuentro con la muerte también se hizo presente. La cita tuvo lugar ahí cuando pude conocer y tocar los órganos del cuerpo humano alrededor de los cadáveres situados en el anfiteatro de la facultad, por supuesto no es lo mismo que con gente viva.

Ver un pulmón, tocar, sentir la textura del hígado, riñón o corazón, era estremecedor.

Me impactó al grado de sentir los pies anclados al piso; la frecuencia cardiaca y respiratoria se volvieron galopantes, fue un embelesamiento total; la voz estruendosa del maestro me hizo reaccionar y regresar de golpe a la realidad.

Esa sensación ambivalente entre la pequeñez y grandeza de los seres humanos, la importancia que posee cada órgano, y lo maravilloso de cómo cada uno hace su parte en el engranaje y el funcionamiento del cuerpo.

Los órganos estaban fríos, su color era gris decadente e inerte en el cuerpo cadavérico, que un día ¡sabe Dios cuánto estuvo lleno de vida o energía! En todo el cuerpo circuló sangre, oxigenó cada célula, y ayudó a vibrar a su dueño quien hoy no tiene historia, memoria o manifestación alguna de vida.

Un día (espero muy lejano) llegaré a ser un cuerpo frío y sin memoria, deseo que el respeto que demuestro hoy sea el mismo, y así me reditúen en mi historia final.

El tiempo que duraba la clase aprendiendo era increíble, sin embargo, la excepción, era ese olor ácido penetrante hasta la dermis: tan desagradable pestilencia a formaldehído, que en conjunto con otros químicos sumergían los embalsamados cuerpos para conservarlos.

Con este olor impregnado en todo mi ser, viajaba de regreso a casa, cada viernes, bañarme, almorzar y regresar a la escuela preparatoria.

La comida tradicional Yucateca está compuesta por sabores frescos y picosos; en conjunto son costumbres semanales, los domingos se disfruta de un exquisito puchero de tres carnes; lunes frijol con puerco con su tomate asado y chile *Cut*; martes de relleno negro; miércoles potaje de lentejas; jueves escabeche de pollo con harta cebolla; viernes pescado empanizado o ensalada de atún; sábado día libre para comer lo que se antoje.

Claro, hay sus variaciones en los platillos.

Precisamente uno de esos viernes me di cuenta de algo, nada agradable a mi vista, frente de mí: un plato con carne de res bien salpimentada en rojo achiote acompañada de papas; una exquisitez a los ojos de cualquier comensal, excepto para mí, que despertó repulsión y aversión hacia la carne, pues llegaron a mi mente imágenes de cuerpos inertes sumergidos en consomé. Eso me provocó nauseas.

Por si acaso, cada que vez que regresaba a casa, lo primero que hacía era bañarme lo mejor posible intentado quitarme ese olor.

Fui consciente que la comida no fue lo que generó la aversión hacia la carne de res a través de los años, si no la relación mental de que somos una carne en uno.

"¿Qué hacer cuando el hambre se hace presente?", pensaba en la cocinera, mi cuñada, que con esmero preparaba la comida para la familia.

No quería hacerla sentir mal por mi aversión.

Era viernes y me pregunté: "¿Por qué esta comida? ¿No se da cuenta lo que me causa? ¿No sabe de dónde vengo?". Además, me dije: "Esta es la peor comida que hoy podría preparar. Pero…".

Lo preparaba cada viernes.

¡No puede ser! ¿Será que fue la manera sutil de mi cuñada de decirme que ya se fastidio de mí? ¿O que no le parecía que viviera ya con ellos? A un lado del plato hubo unas cuantas tortillas calientes de maíz para acompañar el bistec.

¡Y llegó la hora del almuerzo! Provecho (pero no para mí).

Juana Francisca Uc Estrella

(Motul, Yucatán, México, 1956)

Es Profesora en Educación Primaria laboró en distintas escuelas rurales asi como Licenciada de Educación Media Superior en el Área de Ciencias Sociales. Ejerció como Catedrática en el Módulo Motul de la Normal Superior de Yucatán, también es Licenciada en Educación Especial para el Área de Problemas de Aprendizaje, fue docente del Centro de Atención Múltiple en Motul y Mérida Yucatán, donde se jubiló en 2007. Ha participado en el taller "Viajando a mi interior" (2022 y 2023) de la AMAB, en el VI y VII Encuentro de Escritores de Península a Península del (2023 y 2024). Su meta es escribir para trascender.

DE BANQUETAS A BANQUETES

> Las penas con pan son menos.
> MIGUEL DE CERVANTES SAAVEDRA

Al momento de nacer, *alimentarse* se convierte en una imperiosa necesidad consciente. Cuando ésta se manifiesta en una enérgica actividad del estómago, a veces con ruidos grotescos como los rugidos de fieras salvajes, incomodidad, retortijones y dolor, se hace presente el hambre. Satisfacer este requisito vitalizante es una preocupación mundial, siendo bandera política, económica y religiosa. En lo personal *comer* representa un sublime placer.

Traigo a la memoria dos fracciones de mi vida, donde las situaciones recrearon experiencias culinarias sumamente confortables. Convergen olores, colores, sabores, acústicas, sentimientos y calor humano en un caleidoscopio de intensas sensaciones.

La primera vivencia ocurrió por el año 1963 en la Hacienda Sacolá, ubicada a ocho kilómetros de la ciudad de Motul. Recuerdo un autobús que se dirigía rumbo a Mérida, llevando en los primeros asientos a mi madre con sus cuatro hijos: Juana, de siete años; Rosy de seis; Wero, de cuatro; y el pequeño Max, de dos.

El camionero reprendió a la familia por ocupar asientos, pues nosotros sólo viajábamos a un lugar cercano. Sentí coraje contra el sujeto y su agresión verbal, más porque mamá bajó la cabeza. Seguimos el viaje hasta el centro de la Hacienda Sacolá, marcado por una enorme explanada y el pozo comunal, proveedor del vital líquido.

La casa de los abuelos Presiliano y Basilia se ubicaba a cien metros del lugar. Contaba con un dormitorio de aproximadamente ocho metros, una pequeña cocina, baño y un corredor de láminas de cartón. Los mejores recuerdos de la infancia, los atesoro con imágenes de nuestra estancia en su hogar. Gallos y gallinas durmiendo, haciendo acrobacias en los árboles; pavos y pavitos en los gallineros improvisados de palos, piedras y trozos del techo con láminas de zinc. La tarea ahí era alimentar a las aves con bolitas de masa revuelta con salvadillo.

Otra actividad consistía en atrapar a las aves para meterlos en su lugar de descanso. Los pavitos eran facilísimos de pillar, porque en vez de correr, se agachaban. Los pollitos, en cambio, corrían velozmente para todos lados, fomentando el ejercicio vespertino.

Un óptimo recuerdo, se fija en la impecable banqueta de mi abuelita, lustrada con hojas de *Ciricote*, fibra ancestral para la limpieza de jícaras y demás enseres del hogar. Sobre el hermoso tripié elaboraba las deliciosas tortillas, impregnando una esencia de sabiduría, destreza, agilidad y valentía al deslizarlas sobre el comal caliente.

Calculando el tiempo exacto de cocimiento de un lado para "virarlas", dándoles inmediatamente unos toquecitos con los dedos para "sacar" el hollejo. De fallar el tiempo, las tortillas quedaban *Sak peet*, agrietadas, duras y sin posibilidad de inflarse.

El comal se cubría frecuentemente con seis rebanadas de calientitas y riquísimas tortillas. Se refugiaban después en un recipiente redondo, oscuro de origen vegetal llamado *leek*, donde conservaban su temperatura y suavidad. Cualquier comida escoltando a este manjar no importaba, bastando unas gotas de manteca y tantita sal para convertirse en bocados de gloria.

Teníamos derecho a un "cerrito" de tortillas. No importaba la cantidad de "vianda" servida por abuela, como el tradicional frijol con puerco, con el sabor y aroma especial de la ramita de epazote y cocimiento en leña. El minúsculo pedazo de carne se alzaba victorioso sobre el abigarrado grupo de semillas negras que nadaban en el caldo oscuro del sabroso guiso. Para aprovechar el máximo sabor de la proteína, hacía *puch* (aplastar) en la tortilla junto con el chiltomate.

De forma similar, con media tortilla untada, yo hacía un delicioso bocado junto con los granos de frijol, rindiendo honor al dicho: "El yucateco se devora hasta la cuchara". Acompañaba los alimentos con una jícara de agua de pozo, fresca por reposar en la tinaja de barro.

Además de la tortilla y frijol con puerco, recuerdo a la familia y el amor de la abuela en torno a una banqueta, amenizado por los trinos del zenzontle posado en el flamboyán, de candentes flores rojas. Todo era un verdadero poema, un cuadro digno del mejor pintor renacentista.

Un ciclo maya de cincuenta y dos años después, con octubre corriendo en 2015, caminaba de prisa por el aeropuerto de Ciudad de México, procedente de Mérida. Tenía la consigna de realizar el trámite necesario para continuar el viaje hasta Toulouse, Francia.

La chica de la aerolínea se negó a imprimir el boleto, porque la fecha de retorno rebasaba el límite permitido por migración. Ese día temí perder el vuelo internacional hacia Alemania, escala necesaria para llegar al país del *Oui madame*.

Después de una hora de espera y el pago de una generosa cantidad, obtuve mi boleto y pude abordar la enorme nave de la aerolínea Iberia, con destino a Frankfurt. Respiré con alivio al sentarme en el lugar junto a la ventanilla, sintiendo los latidos del corazón, literalmente, en la garganta.

Después de un largo viaje, los contratiempos se agudizaron al pasar por el módulo de migración alemán. El empleado perdió la paciencia y agitó las manos desesperadamente al notar que no le comprendía una sola palabra.

Gracias a la generosidad de un caballero al fungir como interprete, pude presentar la documentación necesaria: pasaporte, invitación del familiar, motivo de visita y monto del dinero para gastos durante la estancia en la Unión Europea.

Una vez puesto el sello del pasaporte, continué el recorrido para localizar la sala de espera. Sintiéndome como un hámster en el laberinto; corrí, subí, bajé por escaleras y elevadores, seguí las flechas por larguísimos pasillos y emprendí una caminata por un espacio de cuarenta y cinco minutos antes de localizar la sala.

La zozobra se adueñó de mí cuando anunciaron abordar un autobús para acceder al avión, temí estar en el lugar equivocado, intenté comunicarme con los demás, pero sólo hablaban francés. Estaba fatigada y seguí por inercia a los demás pasajeros. Finalmente arribé al aeropuerto Blagnac, de Toulouse. Ahí miré con alegría al comité de bienvenida formado por mi hija Gaby; Remí, su esposo; y Elaïa, mi nieta. Sus brazos y besos hicieron olvidar los pormenores del viaje.

El fin de semana, la cena de bienvenida se realizó en un pequeño y elegante restaurante. El rumor de otro idioma inundó mis sentidos, el delicioso aroma que emanaba del lugar acuciaba el apetito, el vino servido en cristalinas copas invitaban a la degustación. Había una elegante mesa, cubiertos, copas, y la familia francesa en derredor. Junto a mí, la segunda de mis hijas, eligió los alimentos a degustar.

Entrées, *plats*, *fromage*, *desserts* y cafés servidos de manera profesional, sumamente delicioso. Destacando el *foie gras* a base de hígado de pato o ganso, considerado como un plato de lujo en muchos países, especialmente en Francia o España. Consumido en ocasiones especiales, como cenas de Navidad o Año Nuevo. Este alimento deleitó el paladar servido como entremés con vino blanco.

Las notas de Vivaldi amenizaban el sitio decorado con réplicas de famosos cuadros. Mentalmente comparé el enorme placer de la comida ancestral maya con la refinada y *gourmet* europea, ambas con su gama de sabores, colores y aromas que tornan lo sencillo en algo espectacular.

Saciamos esta necesidad básica con sabiduría y la convertimos en una experiencia irrepetible, única. De banquetas a banquetes con tintes de campo, urbes cosmopolitas, trinos de pájaros, cuerdas de violín, tortillas, frijol con puerco, *foie gras*, agua de pozo, vino blanco, el amor de la abuela y la alegría de una hija.

Me dije a mí misma, justo después de todo el viaje. Si me dieran a elegir, entraría en conflicto, porque ambos retazos de vida brillan con luz propia en el universo de los recuerdos.

CONQUISTANDO PALADARES

En las vacaciones de verano, la familia francesa fue invitada a un bautizo. Para contribuir con los manjares del convivio, decidimos aportar un platillo típico de Yucatán. Deseando que los invitados franceses, peruanos, mexicanos del norte y españoles, aprobaran la elección.

Acudí con mi hija Gaby al mercado de Saint Ciprian para adquirir la carne de cerdo (en Yucatán nombrado *Polomo*) Después de visitar varios expendios, decidimos comprar una porción con poca grasa, pero la suficiente para aguantar la cocción: cabecero de lomo y varias costillas para proporcionar máximo gusto.

Al llegar al departamento, la familia se reunió en la cocina, dispuestos a colaborar en la elaboración del guiso. Mis nietos Elaïa y Emilio, con la mirada fija en los ingredientes, cuestionaban sobre los nombres, tocándolos con cautela y curiosidad. Así conocieron la naranja agria, achiote, sal. Y un recado para todo formado con pimienta negra, canela, comino y clavos de olor.

Siguiendo las instrucciones, los niños mezclaron en un recipiente todos los ingredientes, hasta formar un homogéneo líquido rojo, listo para marinar los trozos de cerdo. Emilio, quien, a sus cinco años, posee un talento y disposición para la cocina, pidió marinar y acomodar las piezas en un refractario. Sin importar que sus manitas quedaran coloradas, concluyó exitosamente su tarea. Elaïa cubrió el traste con papel aluminio y papá Remí fue el comisionado para guardarlo al refrigerador.

—Mami, ya quiero comer la cochinita. ¿Y si la horneamos de una vez?

—A todos nos encantaría, Emilio, pero la carne necesita tiempo para absorber el recado que le aplicaste para adquirir el sabor que caracteriza la cochinita. Comerlo antes de tiempo sería inapropiado, porque sabría a un kiwi sin madurar. Así que valdrá la pena esperar hasta mañana.

—¡Síiii! Gracias mami, mañana será un gran día.

Al amanecer, cuando el sol iniciaba su ascenso, Gaby ingresó el refractario con la carne adobada, al horno a 180 grados de temperatura y durante dos horas y media hirvió, despidiendo un rico aroma, que despertaba el apetito.

El resultado: una carne suave, fácil de trocear, con un caldo rojo brillante por la grasa. Mis ojos enviaron mensaje a mis papilas gustativas, reaccionando con una salivación excesiva.

En Yucatán, el proceso de cocimiento se realiza en un horno tradicional que consiste en cavar un agujero en la tierra en el que se colocan piedras y leña al fondo.

De ahí el nombre del platillo "Cochinita Pibil". Del vocablo maya *pib* (enterrar), donde las brasas se encargan de la cocción.

Para los tacos, fue necesario hidratar la harina de maíz que viajó importada desde México. Al elaborar las tortillas, me acordé de la abuela Basilia, ataviada con su *huipil* de hilo contado, el cabello atado con una cinta y su inmaculado viejo mandil, torteando en una banqueta, junto a un comal, ubicado sobre el fogón formado por tres piedras y unos cuantos troncos de madera en plena combustión, dando la adecuada temperatura para cocer los discos de masa.

Mis ojos se nublaron al recordar sus instrucciones en lengua maya, sobre cómo realizar una tortilla con hollejo. Con la ayuda de una fracción de nylon, realizaba mis pininos como torteadora, dando como resultado algo amorfo que la hacía atragantarse de risa, hasta toser. Me corregía con paciencia, hasta que el resultado merecía una sonrisa de satisfacción y orgullo.

Frente a mis nietos, la banqueta fue sustituida por la mesa del desayunador, el comal por una sartén para crepas, el fogón por una estufa de convección; donde para graduar la temperatura era necesario tocar los números ubicados a un lado del aparato. La elaboración del salpicón correspondió al jefe de familia, quien picó la cebolla morada sufriendo el lagrimeo de sus expresivos ojos claros, aguantando las bromas de la familia.

Después de aderezar la cebolla con sal y jugo de naranja agria, concluyó la tarea con éxito.

A la hora de servir los tacos de Cochinita Pibil, con desmedido placer, troceé la carne sobre las tortillas, deposité una cuchara de salpicón, un toque del consomé y formé los tacos. Con orgullo les comparto que los invitados dieron tal aprobación al plato, y tristemente algunos se perdieron la oportunidad de probarlo. Fue tanto el éxito, que se agotaron las raciones en la primera hora del convivio.

Al despedirnos de la anfitriona, ella agradeció la aportación y comentó que, motivada por los halagadores comentarios, corrió a la cocina, sin alcanzar un solo taco. Salimos del evento invitándola a cenar para degustar ahí el tradicional platillo yucateco que conquistó el paladar del selecto grupo europeo.

*

El *Grupo Tinta Peninsular* se originó como sugerencia del dramaturgo Fernando Muñoz en diciembre de 2022, con el propósito de cristalizar el sueño de incursionar en el mundo literario como narradores. Las autoras de este libro tienen un amplio bagaje de conocimientos y experiencias, que buscan contribuir con semillas de anécdotas su gusto por el mundo de las letras.

Sabor de recuerdos
se terminó de editar en
Mérida, México, por la editorial
las luces del salón
el año de 2025 e impreso
de forma independiente
por Amazon KDP.

Made in the USA
Monee, IL
22 May 2025